Le Faucon malté

FichesdeLecture.com

Le Faucon malté
(Fiche de Lecture)

I. INTRODUCTION

Le Faucon malté est un roman écrit par Anthony Horowitz. Publié pour la première fois en 1986, il a obtenu le prix Polar-Jeunes en 1988.

Horowitz est un écrivain anglais. On lui doit de nombreux ouvrages de littérature jeunesse fantastique et policière, mais aussi des scénarios comme ceux *d'Inspecteur Barnaby* ou d'adaptations d'œuvres d'Agatha Christie pour la télévision.

D'autres romans lui ont valu des distinctions, comme *L'Ile du Crâne* et *Devine qui vient tuer*.

II. RÉSUMÉ DU ROMAN

Chapitres 1 à 4

Dans le quartier de Fulham, à Londres, les frères Nick (13 ans) et Tim (Herbert) Simple « Diamant » (30 ans) vivent au sein d'un appartement délabré. Tim a ouvert une agence de détectives privés appelée « Tim Diamant et compagnie » (en réalité, il est tout seul avec son frère). Un jour, un nain dénommé Johnny Naples vient leur remettre un paquet à garder une semaine, accompagné de 100 livres. Ils obtiendront 100 livres de plus s'ils conservent bien l'objet.

L'argent est vite dépensé. Nick pense à ses parents, qui ont émigré en Australie ; lui-même a fait une fugue à l'aéroport pour rejoindre son grand frère et s'installer chez lui. Mais Tim est un mauvais détective. Lorsqu'ils reviennent chez eux, leur appartement a été mis à sac... heureusement, Nick avait eu la présence d'esprit d'emmener l'enveloppe avec lui pendant leur sortie.

Ils sont convoqués par le Gros, le plus grand bandit du pays. Les frères se rendent à Picadilly. Ils ont 48 heures pour lui remettre une certaine clé que contiendrait le paquet remis par le nain… De retour chez eux, ils tombent sur une femme, Betty Ménage, qui souhaite être employée pour faire le ménage chez eux. Ouverture du paquet : il ne contient… que des chocolats Maltès !

Chapitres 5 et 6

Les frères Simple essaient de remonter sur les traces du nain à partir de l'enveloppe. Ils recherchent donc toutes les papeteries Hammett de Londres. Ils trouvent celle qui a vendu l'enveloppe dans le quartier de Portobello Road. Là, ils apprennent que Johnny Naples loge à l'hôtel Splendide, dont le propriétaire est Jack Splendide. Une fois à l'hôtel, des coups de feu éclatent. Le nain Johnny Naples gît dans sa chambre. Juste avant de mourir, il s'efforce de leur révéler quelque chose : « le faucon… Soleil… ». Tim s'empare de l'arme laissée à terre…juste au moment où la police surgit. Ils sont emmenés au commissariat de Ladbroke Grove. Là, l'inspecteur Snape et son assistant Boyle les questionnent. Snape et Tim se connaissent, car Tim est un ancien policier, et Snape était son chef. Ils ne se sont jamais entendus. Nick essaie de gagner du temps en évoquant le « faucon ». Ils apprennent que Johnny venait de La Paz, en Bolivie, et que le Faucon est un homme appelé Henry von Falkenberg. Ce dernier a accumulé un trésor de diamants, et la clé pour y accéder aurait été remise au nain avant que le Faucon décède. Mais où est le trésor ? Tout le monde s'interroge et plusieurs personnes le convoitent : le Gros, Béatrice von Falkenberg (la veuve du Faucon), William Gott et Éric Himmel, et enfin le Professeur. Snape pense que Simple est dans le coup…

Chapitres 7 à 9

Après être sortis de garde à vue, les frères Simple utilisent une boîte d'allumettes trouvée dans la chambre du nain pour remonter sa piste. Elle les mène au Casablanca Club, où ils rencontrent Lauren Baccardi, une chanteuse « amie » du nain. Mais celle-ci est enlevée le même soir.

Un peu plus tard, Nick et Tim se rendent à l'enterrement du Faucon. Snape et Boyle sont là, de même que la veuve et d'autres suspects, dont le Gros lui-même. Celui-ci menace à nouveau les deux frères. Lorsqu'ils rentrent chez eux, ils trouvent le cadavre du chauffeur noir du Gros, Lawrence. La police arrive, et Herbert/Tim est encore arrêté.

Chapitres 10 à 13

Nick est libéré, mais pas son frère. Il est appelé par la veuve du Faucon, qui souhaite le rencontrer dans sa demeure de Hampstead. Là, elle le menace grâce à son crocodile, Frido... Mais Nick est perplexe, malgré la peur : comment connaît-elle le vrai nom de Tim, Herbert ? Et comment connaît-elle l'existence des diamants de son défunt mari ? Il poursuit seul son enquête et revient au Splendide. Là, Nick loue la chambre 39, celle de Johnny Naples. Il y trouve des bouts de paquet de cigarettes avec lesquels il reconstitue une liste : « calculateur numérique, photo détecteur, diode émettrice »... et leur traduction en espagnol. Soudain, une grenade explose. Le garçon s'en sort de justesse, mais l'hôtel est détruit.

Nick est réveillé par Betty. A 10h, un nouveau client sonne à la porte. Il était à l'enterrement du Faucon ; il s'agit de Quentin Quisling, le « Professeur ». Alors que Nick le file lorsqu'il repart, il est assommé dans la rue et emmené dans une camionnette à travers Londres.

Chapitres 14 et 15

Nick est enfermé avec Lauren Bacardi à Lafone Street : il a été capturé par Gott et Himmel. Il réussit à les envoyer sur une fausse piste à la gare Victoria, pour gagner du temps. Grâce au passé de magicienne de Lauren, les deux prisonniers s'évadent. Lauren lui parle de son passé, de son amour pour le magicien Harry Blondini ; mais surtout, elle lui annonce que le nain a eu comme une révélation sur les chocolats Maltès pendant qu'ils achetaient des saucisses au magasin Selfridges, sur Oxford Street. Ils s'y rendent donc ; hélas, Gott et Himmel les poursuivent dans le magasin en leur tirant dessus. Nick parvient à blesser Himmel avec un harpon du rayon de plongée. Ils s'échappent de justesse, mais le héros a eu le temps de comprendre quelque chose après avoir observé les caisses du magasin...

Chapitres 16 à 18

Le code-barres informatique du paquet de chocolats donnerait-il des informations ? La question est posée au journaliste Clifford Taylor, qui leur confirme cela : tout concorde. Nick et Lauren se séparent. Le garçon s'interroge : qui a tué Johnny Naples ? Quelle est la serrure de la clé qu'il détient, les fameux Maltès et leur code-barres ? De retour chez lui, il tombe nez à nez avec les sbires du Gros, qui l'embarquent de force avec eux dans une Morris. Il se retrouve piégé sur les berges de la Tamise, dans une sorte de chantier désert. Le Gros arrive en bateau, alors que Nick est sur le point d'être cimenté dans une baignoire avant d'être jeté dans le fleuve. Le Professeur est là aussi, car il est l'inventeur du procédé (cacher la clé sous la forme d'un code-barres sur un paquet de chocolats). La police arrive au moment où Nick va être jeté dans l'eau.

Snape, Boyle et Nick reviennent à l'appartement des deux frères. Herbert a été relâché... mais où est-il ? Impossible d'arrêter le Gros sans preuves... et il a les Maltès avec lui. Nick reçoit un coup de téléphone et apprend qu'Herbert a été enlevé par Gott et Himmel. Il leur donne rendez-vous le lendemain au cimetière de Brompton et contacte le Gros pour qu'il s'y rende aussi, devant la tombe du Faucon.

Chapitres 19 et 20

Nous sommes le jour de Noël, le cimetière est désert. Nick a réuni tous les suspects pour les monter les uns contre les autres et s'en sortir. Il leur explique le fonctionnement de l'ouverture du traéosr, qui se situe au niveau de la tombe du Faucon. Himmel et le Gros se tuent mutuellement. Gott est ensuite tué par Betty Ménage : celle-ci est en fait Béatrice, la veuve du Faucon, qui avait tout manigancé depuis le début ! Elle est cernée au dernier moment par la police qui surgit. On ouvre alors le coffre... mais il est vide : aucun diamant ne s'y trouve.

Les deux frères, un peu dépités, passent Noël ensemble. Mais, surprise, ils reçoivent un paquet de France, qui contient un Malté et un mot « sans rancune, L.B ». En fait, Lauren Vacardi avait échangé les chocolats et a donc récupéré le trésor avant tout le mode. Mais dans le chocolat, elle leur a joint... un diamant.

III. PRÉSENTATION DES PERSONNAGES

Tim Diamant

De son vrai nom Herbert Simple, Tim Diamant est un ancien policier qui a ouvert sa propre agence de détectives privés. Toutefois, il est vraiment incompétent dans ce domaine et franchement maladroit, ce qui explique d'ailleurs qu'il ait été renvoyé de la police. Il a 30 ans et n'a jamais d'argent.

Nick Diamant

Nick est le petit frère de Tim. Il a 13 ans au début de l'histoire. En réalité, il est beaucoup plus doué que son frère pour résoudre les énigmes, car il est particulièrement perspicace et intelligent. Il a fugué lors du départ de ses parents pour l'Australie, quittant discrètement l'aéroport pour rester à Londres.

Johnny Naples

Le nain qui a remis le paquet aux deux frères est originaire de La Paz, en Bolivie. Il est assassiné dans sa chambre d'hôtel. Il a environ 40 ans et est porteur de la clé de l'énigme du trésor du Faucon.

Le Gros

Il est le plus grand criminel d'Angleterre et est à la poursuite des diamants du Faucon. Pour cela, il n'hésite pas à menacer les frères Simple et à tuer ceux qui s'opposent à lui. Il ne mérite plus son surnom, car après un gros régime aux yaourts, il est désormais tout maigre. Son chauffeur Lawrence sera assassiné.

William Gott et Eric Himmel

Eux aussi sont à la poursuite des diamants. Ils sont des anciens hommes du Faucon, aux tendances nazies.

Béatrice von Falkenberg

Veuve du Faucon, elle se déguise en femme de ménage pour parvenir à retrouver la clé des diamants.

Snape

Snape est l'inspecteur-chef de Camden. Il est accompagné de son adjoint brutal, Boyle. Il a été le chef de Tim lorsque celui-ci était encore dans la police.

Lauren Bacardi

Chanteuse au Casablanca Club, elle est une ancienne assistante et amante d'un magicien. Elle est enlevée un soir, et après son évasion avec Nick, s'évade avec les diamants, ce que l'on découvre à la fin du roman. Néanmoins, elle envoie aux frères l'une des pierres précieuses pour les remercier et s'excuser. Elle était « amie » avec Johnny Naples.

Le professeur

Quentin Quisling est le Professeur, l'inventeur du procédé ingénieux du code-barres destiné à ouvrir la cachette des diamants.

IV. AXES DE LECTURE

Des héros récurrents

Les frères Diamant sont des personnages récurrents dans plusieurs romans policiers écrits par Anthony Horowitz. Après le *Faucon malté* ont été publiés :

- *Devine qui vient tuer*
- *Ennemi public n° 2*
- *Pagaille à Paris*

Hommage au *Faucon de malte*

Le Faucon malté rend hommage à un célèbre roman policier, *le Faucon maltais*, qui a donné lieu à une célèbre adaptation cinématographique. Le roman policier de Dashiell Hammett a inspiré John Huston pour son film de 1941 avec Humphrey Bogart.

C'est dans ce même esprit qu'Horowitz a voulu rendre hommage par clins d'œil au roman et au film, avec beaucoup d'ironie, d'humour et de second degré.

Il s'agit donc à la fois d'un roman policier efficace, mais aussi d'une parodie élogieuse de Sam Spade, le personnage de Hammett, et du film de Huston.

Cela passe par les remarques à double sens ou ironiques de Nick. Mais on peut aussi relier des personnages directement inspirés de ces œuvres ou de personnes réelles :

- Lauren Bacardi rappelle Lauren Bacall dans le film (femme de Bogart)
- Le Gros dérive du personnage de Gutman dans le livre de Dashiel Hammett. Il avait pris ce surnom dans le film de 1941.

Le *Faucon de Malte* est aussi connu sous le nom de *Faucon maltais*.

Une promenade dans Londres

Le roman nous fait parcourir des quartiers très différents de Londres, de Camden Town à Fulhamn, du touristique quartier de Picadilly aux berges de la Tamise.

Quant à la veuve du Faucon, elle vit dans les quartiers huppés de Hampstead, un univers radicalement différent de Fulham, où vivent les frères Simple.

D'autres lieux sont rapidement évoqués : Portobello, Oxford Street, autant de lieux qui reflètent la diversité londonienne, ville de naissance de l'écrivain.

Dans la même collection en numérique

Escadrille 80

Inconnu à cette adresse

La controverse de Valladolid

Les Vilains petits canards

Une partie de campagne

Cahier d'un retour au pays natal

Dora Bruder

L'Enfant et la rivière

Moderato Cantabile

Alice au pays des merveilles

Le faucon déniché

Une vie

Chronique des Indiens Guayaki

Je voudrais que quelqu'un m'attende quelque part

La nuit de Valognes

Œdipe

Disparition Programmée

Education européenne

L'auberge rouge

L'Illiade

Le voyage de Monsieur Perrichon

Lucrèce Borgia

Paul et Virginie

Ursule Mirouët

Discours sur les fondements de l'inégalité

L'adversaire

La petite Fadette

La prochaine fois

Le blé en herbe

Le Mystère de la Chambre Jaune

Les Hauts des Hurlevent

Les perses

Mondo et autres histoires

Vingt mille lieues sous les mers

99 francs

Arria Marcella

Chante Luna

Emile, ou de l'éducation
Histoires extraordinaires
L'homme invisible
La bibliothécaire
La cicatrice
La croix des pauvres
La fille du capitaine
Le Crime de l'Orient-Express
Le Faucon malté
Le hussard sur le toit
Le Livre dont vous êtes la victime
Les cinq écus de Bretagne
No pasarán, le jeu
Quand j'avais cinq ans je m'ai tué
Si tu veux être mon amie
Tristan et Iseult
Une bouteille dans la mer de Gaza
Cent ans de solitude
Contes à l'envers
Contes et nouvelles en vers
Dalva
Jean de Florette
L'homme qui voulait être heureux
L'île mystérieuse
La Dame aux camélias
La petite sirène
La planète des singes
La Religieuse

À propos de la collection

La série FichesdeLecture.com offre des contenus éducatifs aux étudiants et aux professeurs tels que : des résumés, des analyses littéraires, des questionnaires et des commentaires sur la littérature moderne et classique. Nos documents sont prévus comme des compléments à la lecture des oeuvres originales et aide les étudiants à comprendre la littérature.

Fondé en 2001, notre site FichesdeLectures.com s'est développé très rapidement et propose désormais plus de 2500 documents directement téléchargeables en ligne, devenant ainsi le premier site d'analyses littéraires en ligne de langue française.

FichesdeLecture est partenaire du Ministère de l'Education du Luxembourg depuis 2009.

Plus d'informations sur www.fichesdelecture.com

ISBN: 978-2-511-03005-9

Notes :